U0944645

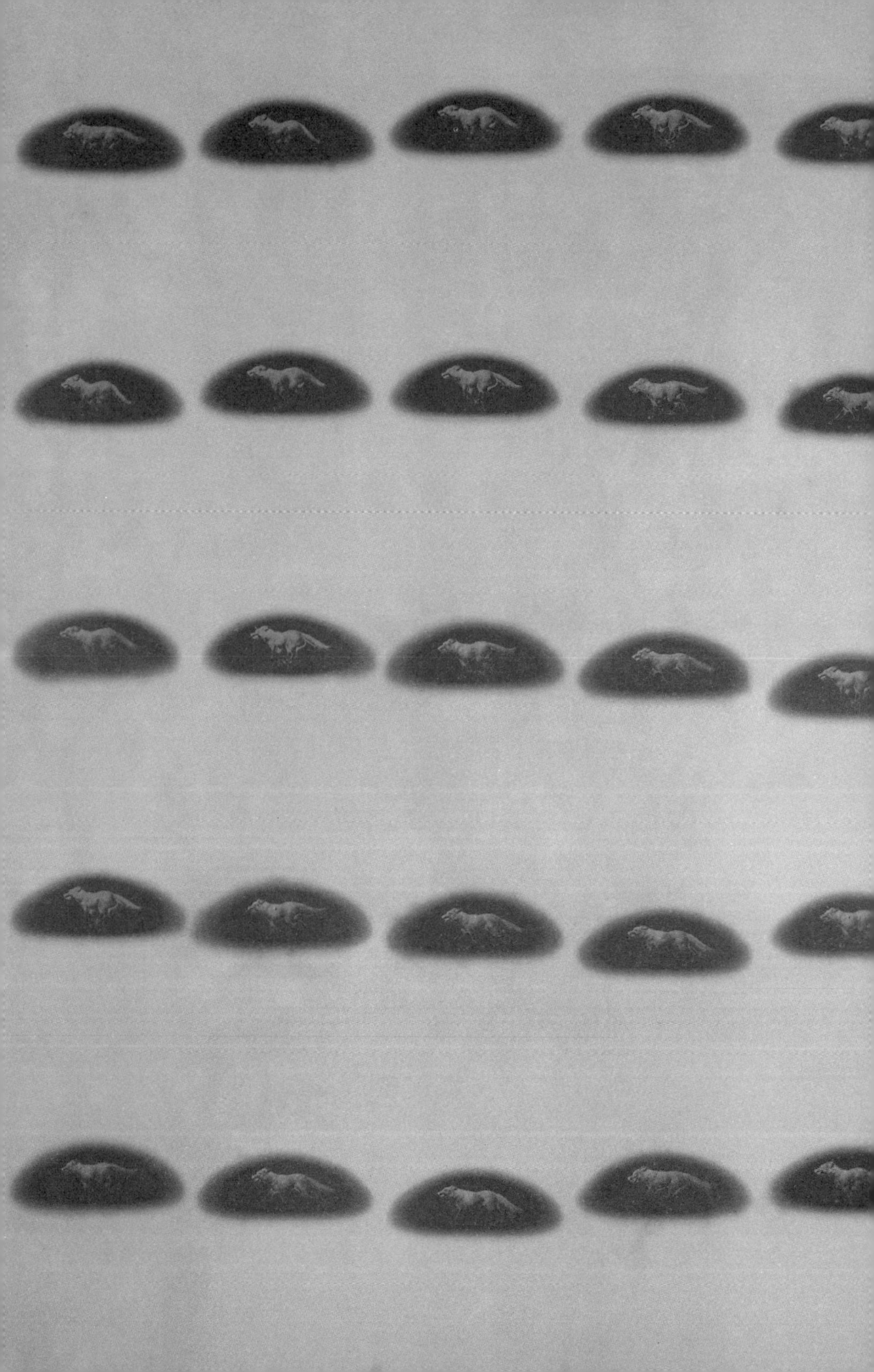

[日] 小林清之介/文　[日] 高桥清/图　王维幸/译

1

狼王洛波

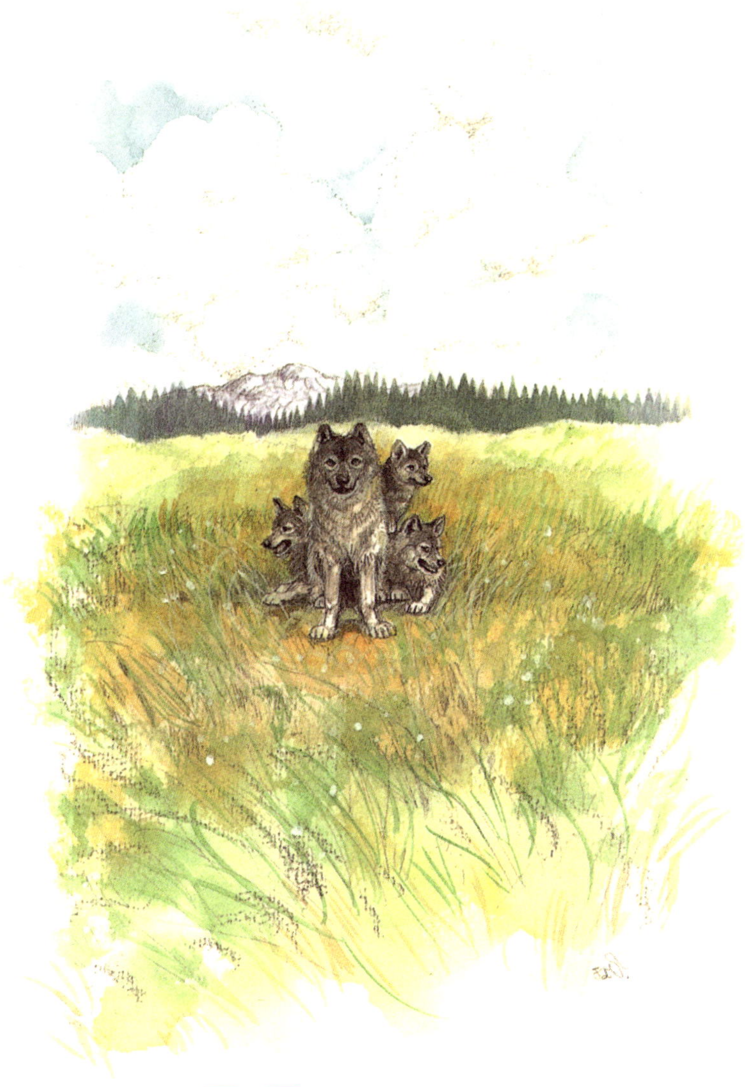

前　言

在北美，有一个名叫西顿的大叔，他非常喜欢动物。

他常常观察动物，还写了很多动物故事，除了狼、狗熊和鹿以外，还有许多其他的动物。

他的故事不仅生动有趣，还活灵活现地描绘了动物们的生活状态。

上工喽！

克朗普是美国新墨西哥州的一处乡村。

这里只有零星的几户人家。

放眼望去，山丘上全是青草。

青草茂密的山丘高低起伏，连绵不断，永远都望不到头。山丘上放养着好多好多牛群。

因为到处都是青草，牛儿们从来都不愁吃。再也没有这么好的地方了。

可是，只有一件事让人心烦，因为这里有一种非常可怕的敌人。

这个敌人就是狼。狼经常会把牛咬死。

一天晚上，有个牛仔正骑着马走在山坡上，忽然，“嗷——”

附近传来一声低沉的狼叫。

“啊，狼王洛波。它肯定是在喊自己的手下，‘上工喽！’”

牛仔下了马，悄悄地朝声音靠近。

果然没错。下面真的有一群狼。糟了，它们正在朝牛群扑过来！

稍远的高处，蹲着刚才召集手下的群狼之王——又强悍又狡猾的狼王洛波。

牛群也拼了命。大家把身体挤在一起围成一个圆圈，把锐利的牛角排成一圈。

狼群的目标只是圆圈中的一头牛。

一头最美味最可口的母牛。

可是，在牛群齐心协力奋勇抵抗下，狼群根本无法冲进防卫圈。它们一扑上来就被牛群顶了回去。

洛波终于慢吞吞地站了起来。“嗷——”它一声嚎叫，向牛群发起了攻击。

它的攻势太凶猛了。牛群的防卫圈眨眼间就被它冲破。洛波“嗖”的一下跳进牛群。

哇，顶不住了！

牛群四散着跑起来。

洛波的目标只是那头母牛。它一路狂追，纵身一跃跳到牛背上。然后“啊呜”一口咬住牛脖子，把母牛掀翻在地。

这时，洛波的手下们“呼啦”一下全扑了上来。眨眼间就把母牛咬死了。

洛波懒洋洋地站在那里，巡视着狼群攻击的样子，仿佛在说：

“瞧你们这熊样，连这点儿本事都没有怎么能行。”

消灭狼的毒药

牛仔见状，顿时“哇”的一声，策马冲下了山坡。

是人类。喂，快逃！狼群顿时逃走了。

它们为什么要逃走呢？因为人类带着火枪。

火枪老远就能飞射出子弹，连狼都顶不住。

遇见人后赶紧逃，这似乎已经成了狼群的规矩。

不过，这个牛仔却没有带火枪。

相反，他兜里带的是毒药，一种能消灭狼的毒药——士的宁。

牛仔往死牛身上抹了大量烈性毒药。

“洛波这家伙，明天它肯定会来吃死牛肉的。一旦把药吃进肚子里，就算再强悍的狼也休想活命。”

牛仔自言自语，脸上露出得意的微笑。

因为如果能够杀死洛波，他就能得到一大笔赏金。

牛主人们被洛波咬死了很多牛，愁得要命。所以，他们就重金悬赏，说如果有人能消灭洛波，他们就会给他一大笔钱作为奖赏，也就是赏金。

第二天早晨，这名牛仔忐忑地去昨晚下药的地方查看。

“咦，奇怪啊！”

牛的尸体仍然躺在昨晚的老地方。肉也被啃了个七零八落。洛波与它的手下们果然来过了。

可是，却哪里都没见到狼的尸体。牛仔仔细检查了一下牛的尸体，大吃一惊。

原来，那些抹药部位的肉都被巧妙地咬了下来，丢在了一边。

“洛波！一定是洛波干的！”

一定是洛波清除了毒药后，与手下们美美地享受了一顿牛肉大餐。

“混蛋！狡猾的家伙！”

牛仔十分懊恼。

“看我的。看我怎么消灭洛波。”

很多人陆续来尝试。其中还有一个人让一群凶猛的犬去追击洛波。

可是，这些犬不是反被洛波咬死，就是被咬伤。

还有一个人尝试着投放毒药。他比前一个牛仔更精明，投放了各种毒药。

可还是不行。因为洛波能够巧妙地分辨出毒药的气味，不上他的当。

它依然率领着一帮手下，到处残杀牛。五年的时间里，它们足足杀死了两千多头上好的母牛。

“啊，真让人头疼。”

牛主人们都快愁死了。

防止沾上气味

我来到了克朗普。因为有一个牛主人恳求我消灭狼。他是我的一个老朋友。

“你来得正好。你来我就安心了。”朋友非常高兴。

以前在加拿大的时候，我就经常去捕狼。

说到捕狼，我绝对不输给任何人。

朋友很清楚我的实力。

我骑上马，在朋友的牧场上四处查看。虽说是牧场，周围却没有栅栏。只是在一片广阔的草地上放养着牛群而已。

朋友雇的一个牛仔为我带路。所到之处都滚落着牛骨头。

“这全都是被洛波咬死的牛。”

牛仔告诉我。

果然，这家伙的确很厉害。

让一大群人骑着马带着火枪去追赶怎么样？不，不行。这里不是山就是山谷，很难追的。就算是让犬去追也没用。

相反，很多地方却特别适合狼群躲藏。

“看来，只能下毒饵或是设陷阱了。”

于是，我决定先投放毒饵试试。

所有的狼都能准确辨别气味。尤其是洛波，鼻子异常灵敏。我必须得牢记这一点才行。

狼很喜欢牛内脏。我就割了一些刚死掉的牛的内脏。

可是，我并没有用铁刀子去切割。内脏一旦沾上铁的气味，洛波立刻就能闻出来的。因此，我用的是动物骨头做成的刀子。

我把牛内脏和奶酪放在一起，“咕嘟咕嘟”地煮得很烂。冷却后再切成好多块，然后在每一块上切开一个洞，填上毒药。

如果直接把药填到里面，洛波一下就能闻出毒药的气味。所以毒药得事先装进胶囊里才行。

胶囊是那种细长的圆筒。对，那种装在胶囊里的药物，大家都经常吃吧，就跟那东西一样。

我往内脏的洞里填的，就是装在这种胶囊里的毒药。

无论多么小心，一旦沾上了人类的气味，都会前功尽弃。

“咦，有人类的气味！”洛波肯定会立刻警惕起来。

所以，我是戴着皮手套来干活的。

手套上事先涂满了死牛的血。这样，就算是稍微有一点儿人类的气味沾上，牛血的气味也能帮我们消除掉的。

在第四个诱饵上面

我把装着毒饵的内脏放进皮袋子，带上袋子骑马出了门。然后把毒饵投放到牧场的四处。

这一晚，我住进了牧场的小屋，这是一间平时专供牛仔们住宿的小屋。我正要睡下，远处忽然传来一阵狼的叫声。

“嗷——”

一声低沉的嚎叫。

“就是它，是洛波的声音！那家伙来了。”

一个牛仔说。

“来得好。它肯定会上毒饵的当的。”

我想。

第二天早晨，我骑上马早早地出了门。

地上留有很多的狼脚印，我一眼就知道是洛波的，因为那脚印格外大。

咦？有一个毒饵不见了。太棒了！一定是让洛波给吃掉了。第二个毒饵也没有了。

“好极了！洛波这家伙肯定已经倒在附近死掉了。”

可是，我却在哪里都没发现狼的尸体。第三个毒饵也不见了，可狼的脚印却依然在往前延伸。

当我来到第四个诱饵的投放点时，“啊！”我大吃一惊，失声叫了起来。

前面不见了的三个毒饵竟全都堆在了第四个上。并且，最上面还被拉上了一堆狼粪。

“嗯，让它给耍了。”

肯定是狡猾的洛波试着咬开第一个后，立刻就察觉有毒药。

然后就给悄悄地叼走了。第二个第三个也同样给叼走了。

然后，它把它们都给堆在了第四个毒饵的上面，还在上面拉上了狼粪。仿佛在说：

“这么点儿雕虫小技，还想骗我？”

看来，洛波完全没把我放在眼里。

“没办法。既然连毒饵都不行，那就只好设陷阱了。用狼夹子。”

奇怪啊！

我所说的狼夹子是一种铁制的夹子，要事先埋在土里才行。一旦狼踩到上面就会“砰”的一下自动弹开。

弹开后就会“啪嗒”一下夹住狼腿。

我派了两个牛仔来支狼夹子。花了一个多星期的时间，往四处支了很多夹子。

两天后，我再次骑上马前去查看。哎呀！那些好不容易支下的夹子全被挖了出来。

全都弹开了，失去了作用。又是洛波搞的鬼！

“好，既然这样，那我就再试试别的办法。”

我在路中央只下了一个夹子，其余的夹子全并排着支在了路两边。

中间的夹子故意埋得很粗糙，极易被发现。其余的则埋得很仔细，不容易被发现。

那么，我为什么要这么做呢？因为洛波有一个毛病。一旦发现有可疑的东西，它就会停下来，然后绕到一边去。

这一点通过地面上的脚印完全能看出来。

如果洛波发现路中央的夹子后，绕到了一边，结果将会如何呢？肯定会被并排在路两边的某个夹子给夹住的。

“这次看你还往哪里逃！”

可是，我这次又失败了。洛波发现了路中间的夹子，并且也停了下来。可是它却没有靠边走。

它肯定在想“奇怪啊”。然后就悄悄地原路返回，竟然平安地走出了夹子的范围。

郊狼的脚印

洛波有五个手下，它们平时总是跟在洛波的身后，绝不敢站到或是走到洛波的前面去。狼就是这样的一种动物。

可是有一天，有个牛仔却告诉了我一件有趣的事。

“白天的时候，我远远地看到了那群狼。

“令人吃惊的是，有个家伙竟然跑到了洛波的前面。那是一只雪白的狼，十分漂亮。我们都管它叫布兰卡。”

我兴奋地一拍大腿：

“原来如此。我明白了，那只名叫布兰卡的狼一定是洛波的妻子，所以洛波才不会发火。要是其他的狼胆敢跑到头领的前面，肯定会被它咬死的。”

我以前调查脚印的时候就发现过这一点，还一直纳闷跑在洛波前面的狼究竟是谁呢。

强悍的洛波也宠爱着任性的妻子布兰卡啊。我顿时想出一条新的妙计。

“对，就给布兰卡下夹子。”

我事先把一个死牛的头丢在牧场上。

在牛头的四周支下两个狼夹子，再往夹子上盖上些土，弄平。

然后用死郊狼的尾巴在上面蹭一蹭。

再用同一个郊狼的爪子往土上按几个脚印。

大家知道郊狼吗？郊狼又叫草原狼，是一种小型的狼。主要靠捡洛波这种大灰狼吃剩的东西为生。

按郊狼的脚印其实是为了迷惑洛波，洛波肯定会想：有郊狼路过的脚印，既然这样，我们走肯定也没事的。

可是，狼会吃牛头吗？不，不会吃的。对狼来说，牛头只是一种没用的废物。

不过，狼却有一个好奇的毛病。它们总喜欢在一些没用的东西前停下来，煞有介事地去查看一番。

离牛头稍远的地方就躺着一头死牛，一头美味可口的母牛。

旁边当然也下了狼夹子。不过，洛波肯定能给识破的。

它肯定还会告诉手下们说：“这是圈套，不许靠近。”

不过，对于牛头也许它不会太在意。

因为那个牛头就像是随意丢弃的一样。

洛波肯定会想：丢弃的牛头上肯定不会有圈套的。

洛波自己大概是不会上钩的。

不过，其他的狼说不定就会上当了。

喂，布兰卡！

第二天早晨。咦？牛头不见了。

“太棒了！上钩了。”

牛头上其实是连着一个狼夹子的，被夹住的狼肯定是拖着牛头逃走了。

不过，牛头很重，狼应该不会逃远的。

我往前走了一小会儿，找到了，找到了！果然有一只腿被夹住的狼蹲在地上，正是小白狼布兰卡。

“果然没错。布兰卡不听洛波的命令，轻举妄动。结果就在查看牛头的时候上了当。”

布兰卡乖乖地中了我的圈套。

布兰卡龇着牙，倒竖着脖子上的毛，想向我扑来。它不想坐以待毙。

布兰卡仰起鼻子，“嗷嗷”地朝天吼叫，向洛波发求救信号。

一阵低沉的回应从远处传来，是洛波的声音。仿佛在说：“布兰卡，坚持住！”

可是，洛波并没有出现。因为他害怕我和牛仔手中的火枪。

“机不可失。”

我和牛仔往布兰卡的脖子上套上一根皮绳，然后拴在两匹马上，让马分别朝两边跑去。布兰卡眨眼间就断了气，死掉了。

“我不该用这么残忍的方式来杀死它。”

尽管我后来后悔了不止一次，但已经于事无补。

我和牛仔把布兰卡的尸体驮在马背上，返回了小屋。

咦？远处有一只狼在吼，是洛波的声音。声音逐渐在向小屋逼近。

听上去很凄厉。

仿佛在说：“喂，布兰卡，喂，布兰卡！”

牛仔们面面相觑。

“从没听到过狼用这么凄厉的声音叫。”

第二天早晨，我在洛波的必经之路上支下了许多结实的狼夹子。

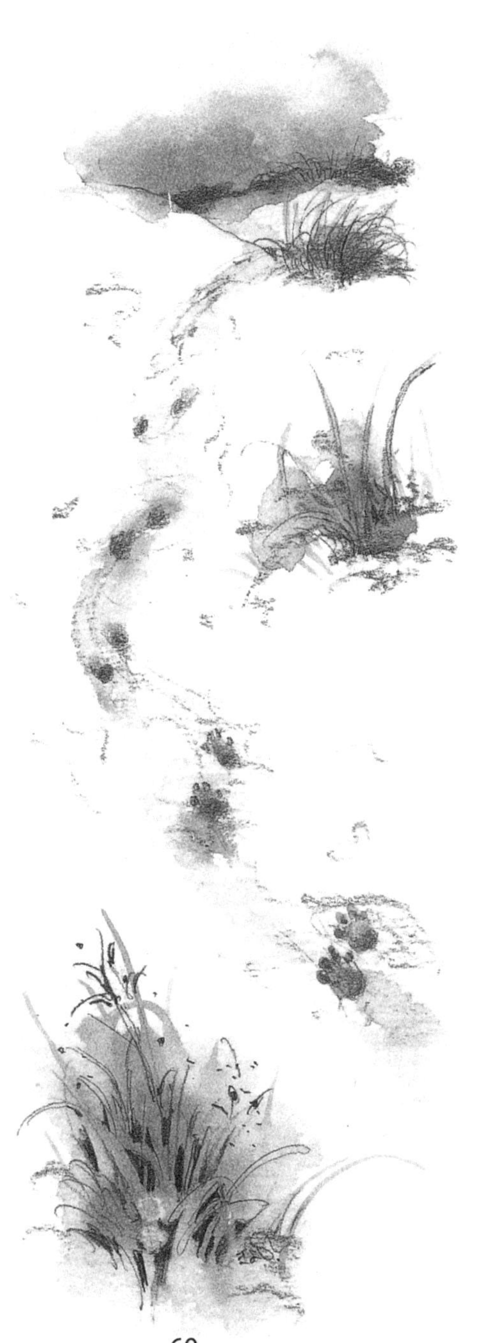

一共支了一百三十多个。

我还拖着布兰卡的尸体在埋夹子的地方走了好几趟，好让布兰卡的气味留在上面。并且还按着布兰卡的前腿，留下了假脚印。

被四个夹子夹住

第二天，我骑上马一个一个地去检查设好的夹子。可是，由于设得太多，没等全部检查完天就黑了。

剩下的只能等第二天再检查了。我撤回了小屋。

晚饭的时候，一个牛仔告诉我说：

“西顿先生，白天的时候，我发现北面山谷的牛群很惊慌。说不定，那狼已经被夹住了呢。”

第二天，我就带着牛仔去了北面的山谷。时间已经是下午。当我们绕过一块大石头的时候，有个东西忽然从眼前站了起来。狼！大灰狼！

“啊，洛波！”

没错，就是洛波。除了洛波

以外，再没有这么大、这么可怕的狼了。

“嗷嗷——”

洛波跳起来，想咬我。

可是没用。因为它的四条腿已经被四个狼夹子牢牢地夹住。

并且，它每挣扎一次，夹子的链子就会越往里收紧一下，更没法动弹。

我想用火枪触摸一下洛波的身体，可它却猛地一口咬住了枪管。坚硬的枪管上顿时留下了几个牙印。

洛波肯定是被我蹭上的布兰卡的气味骗到这儿来的。

并且被布兰卡的假脚印迷惑，最终踩上了狼夹子。

地面上还留着许多牛脚印。牛肯定是让这只最可怕的狼王给吓坏了吧。

不过，当它们发现洛波不能动弹以后，可能就立刻来到它的身边，欢闹起来了吧。牛仔昨天听到的肯定就是它们欢庆胜利的声音。

突然，洛波发出一声吼叫。

“嗷——嗷——”

一声悠长的吼叫。

它一定是在呼唤自己的手下们。

“喂，小的们，快来救我！”

它一定是在这么喊。

可是，它却没有得到一声回应。

洛波大概是在前天晚上被捉住的。它已经被狼夹子夹了两天了。无法动弹，不能吃东西，还受了伤。它已经十分虚弱。

洛波终于倒在了地上。

洛波咬死了多少牛羊！这次终于轮到它了。

不过，我却不忍心杀死洛波。因为它实在是太威武、太雄壮了。

“对，干脆活捉它。”

可是，怎样才能巧妙地捉住它，又能避免被它咬到呢？

我飞快地把套索朝洛波的脖子上扔去。可是不行。还没等套索套到脖子上，洛波就张大了嘴，一口把套索咬断了。

普通的办法根本不管用。

我跟牛仔们商量了一下，决定再尝试一次。

我冷不丁朝洛波扔过一根木棒，洛波一口叼住。

机不可失！牛仔立刻撒出套索，套索“嗖”的一声飞出去，紧紧地勒住了洛波的脖子。

“嗨！”

大家用力勒住洛波。

我们并没有把木棒抽出来，用粗绳直接把它连嘴巴带木棒绑了起来，绑了个结结实实，并把绳头绑在了木棒上。

大家抬起洛波驮在马背上，兴高采烈地返回了小屋。

洛波似乎已经彻底放弃，不再挣扎。就算在小屋里解开绳子后它也不再反抗。即使拿牛肉和水来喂它，它也理都不理。

第二天早晨，我再次去小屋查看，发现它仍以昨晚的姿势躺在那儿。不过，样子却有点儿奇怪。

“啊！洛波死了。”

洛波失去了心爱的布兰卡，又被人类打败，完全失去了活下去的动力。

它的尸体被静静地摆放在布兰卡的身旁。

西顿与洛波

西顿是一名作家、画家和生物学家，同时也是美国童子军运动的奠定者之一。他天生多才多艺，不过生长环境也为他的成才发挥了很大作用。

西顿于1860年出生在英国北部的一个港口城市南希尔兹。据说从懂事的时候起，他就十分喜欢动物。6岁的时候，从事海运业的父亲破产了，原本富裕的一家人只好举家移居到了加拿大。然后在林赛内地开垦山林，营造了一处农场，开始了自给自足的生活。

西顿的父亲共有14个孩子，其中有13个是男孩（西顿排行十二），本指望年长的儿子们能给家里出一些力，可由于他们出身城市，

又都是些梦想家，靠垦荒生活的梦想不久破灭，年长的哥哥们相继离开了父亲。西顿10岁的时候，父母与剩下的儿子们搬迁至多伦多，父亲作为一名会计师想东山再起。

虽然仅仅是四年的时间，可是这段加拿大的开垦生活却把西顿培养成了一名强悍的野孩子。他对各种动物的熟悉和了解也是在这段时间培养的。后来，他之所以能成为一名野外生活运动的倡导者，并召集孩子创建西顿印第安团（美国童子军的前身），也是因为他无法忘记少年时代的生活。

西顿最初时只想成为一名生物学家，可是父亲却想让他当一名画家，在父亲的强烈建议下，他便采取了折中主义，决心成为一名描绘动物的画家。由于脱离父亲独立的长兄在加拿

大的曼尼托巴拓荒，西顿曾一度帮过忙。他出色的狩猎本领就是在这一时期磨炼出来的，并且他还自学了生物学。

不久，他来到纽约，成功地当了一名动物画家。不过，有个朋友却告诉他说，有个狼王洛波糟蹋新墨西哥州的牧场，希望他能帮助消灭这个洛波。于是，作为一种休闲活动，他便接下了这项工作。事情就发生在他30岁的时候。他成功地活捉了洛波，并把这次的经历写成了故事，与其他七篇动物故事一起做成了单行本，并附上自己创作的插图出版，一时间声名大噪。

后来，他又写了许多与动物有关的书，直到 1946 年以 84 岁高龄去世的前一年，他还在继续著书活动，是一个少见的能人。

狼与狼的同类

北美地区生活着两种狼。森林狼（别名灰狼）和草原狼（别名郊狼）。在《狼王洛波》中亮相的狼群是森林狼。不过，由于这种狼也生活在高原和草原地区，所以，森林狼一名也未必贴切。

这种狼的毛色一般为灰色、褐色和黑色的混合色，有时候也会有全身黑色或白色的个体。虽然都被叫作灰狼，却未必都是灰色的。

狼属于犬科，是犬的近亲动物。据称，这两者都来自远古时代的同一祖先。最大的牧羊犬肩高可达 68 厘米，而狼却达到了 80 厘米，比牧羊犬略大。据说，洛波的肩部高度甚至达到了 91 厘米，比一般的狼要大很多。洛波的

毛皮至今仍被保存在新墨西哥州圣达菲的西顿博物馆里。

如果有几只犬集体过野生生活，其中必然会出现一只领导者（头目）来统领全体。例如，一旦有手下不跟在领导者身后，而是跑到了前头，就会立刻被头目咬翻在地。狼也是一样，这种情形在“洛波”的身上也得到了细致地刻画。领导者统领手下的同时，也要为整个狼群着想，要保护手下免受敌人的侵害。

狼具有分辨气味的灵敏嗅觉和分辨声音的灵敏听觉。本文中就生动刻画了洛波敏锐地嗅出毒饵气味、人手气味、狼夹子铁的气味等情形。由于狼是一种夜行性动物，所以，鼻子比眼睛敏锐这一特性会对其更有利。犬也是一样，

警犬能够嗅出罪犯气味的情形大家早已众所周知。

狼是食肉动物，靠捕食其他野生动物为食。随着人类社会的发展，一些大型野生动物，尤其是鹿的减少，狼也逐渐侵害起人类饲养的马、牛、羊等动物来。因此，狼变成了一种有害的野兽，让人又恨又怕。不过从前的日本并没有肉食动物，有关狼害的情况也鲜有所闻。日本的狼在明治末期时就已经灭绝了。不过，由于阴差阳错，日本最后一只狼的头骨竟被收藏到了英国的大英博物馆。

北美的郊狼（草原狼）是一种十分胆小的动物，主要以动物的腐肉为食。

小林清之介

小林清之介

1920年生于东京，曾在动物学者岛春雄、昆虫学者石井悌等人的指导下饲养并观察野鸟、昆虫及其他小动物，多年来致力于动物资料的收集活动。

1962年以后开始作家生涯，不仅为成人撰写动物随笔、动物启蒙说明，还专为儿童撰写了不少有趣的动物故事，近年来在俳句方面的著述也颇丰。

主要著述有：面向成人的《麻雀的四季》（全集日本动物志2）（讲谈社）、《季语深耕·鸟》《季语深耕·虫》（角川书店）、《日本的小动物志——昆虫与野鸟》（每日新闻社）、《动物五百句》（明治书院），面向儿童的《日本昆虫记》全五卷（翌桧书房）、《野鸟的四季》（第23届小学馆文学奖）（小峰书店）、《法布尔（传记）》（行政）等书。

高桥清

少年时期即对昆虫和花草感兴趣，成年后从事油画创作，同时活跃于动植物与昆虫相关的绘本和插图领域。

著有《法布尔昆虫记（全10卷）》的插图等数种（翌桧书房），绘本方面则有《道旁的四季》等数种（福音馆书店），另外，还在各出版社从事昆虫、植物等自然生态类的插图、图鉴的创作。

参加过“行动美术协会会员（油画）壳奖展”“安井奖展”等画展。日本理科美术协会会员。

版权登记号：01–2016–6596

图书在版编目（CIP）数据
狼王洛波/（日）小林清之介文；（日）高桥清图；王维幸译.––北京：中国人口出版社，2017.11
（西顿动物记）

ISBN 978–7–5101–4679–4

Ⅰ.①狼… Ⅱ.①小… ②高… ③王… Ⅲ.①儿童故事–图画故事–日本–现代Ⅳ.①I313.85

中国版本图书馆CIP数据核字(2016)第231461号

西顿动物记

狼王洛波

出版发行	中国人口出版社
社　　长	邱　立
责任编辑	张文超
特约编辑	魏亚西
印　　刷	北京中科印刷有限公司
书　　号	978–7–5101–4679–4
开　　本	787mm×1092mm　1/16
印　　张	6
字　　数	40千字
版　　次	2017年11月第1版
印　　次	2017年11月第1次印刷
网　　址	www.rkcbs.net
电子邮箱	rkcbs@126.com
总编室电话	(010)83519392
电　　话	(010)83534662
传　　真	(010)83518190
地　　址	北京市西城区广安门南街80号中加大厦
邮　　编	100054
定　　价	35.80元

绿色印刷　保护环境　爱护健康

亲爱的读者朋友：

本书已入选“北京市绿色印刷工程——优秀出版物绿色印刷示范项目”。它采用绿色印刷标准印制，在封底印有“绿色印刷产品”标志。

按照国家环境标准（HJ2503-2011）《环境标志产品技术要求 印刷 第一部分：平版印刷》，本书选用环保型纸张、油墨、胶水等原辅材料，生产过程注重节能减排，印刷产品符合人体健康要求。

选择绿色印刷图书，畅享环保健康阅读！

北京市绿色印刷工程

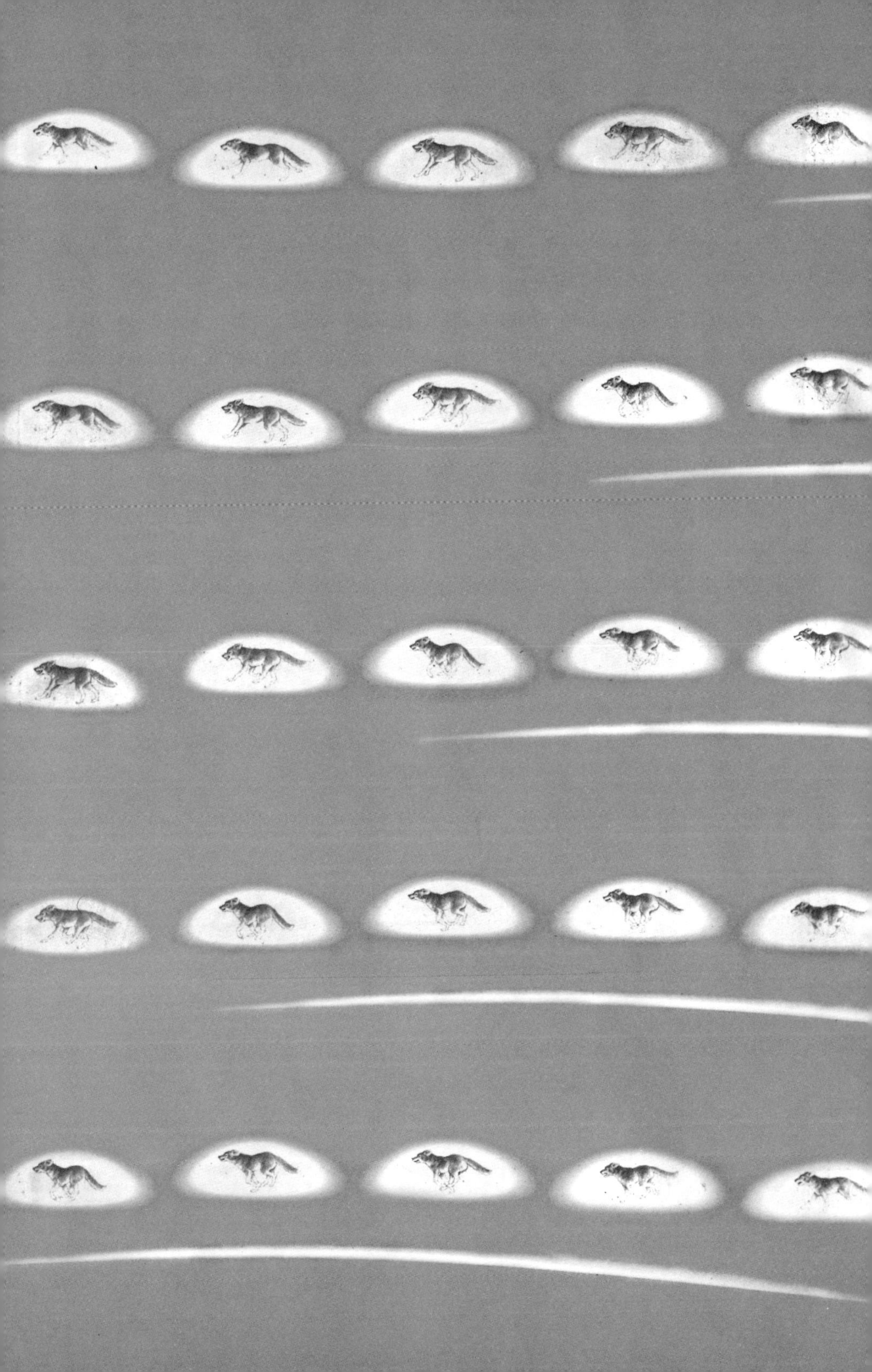